Para la princesa de la mafia
T. M.

loqueleo

¡LORENZA, BÁJATE DEL PERRO!
D.R. © del texto: Toño Malpica, 2015
D.R. © de las ilustraciones: Manuel Monroy, 2016

D.R. © Editorial Santillana, S.A. de C.V., 2016
    Av. Río Mixcoac 274, piso 4
    Col. Acacias, México, D.F., 03240

Primera edición: marzo de 2016

ISBN: 978-607-01-2995-7

Impreso en México

www.loqueleo.santillana.com

Esta obra se terminó de imprimir en marzo de 2016
en los talleres de Editorial Impresora Apolo, S.A. de C.V.
Centeno 150-6, Col. Granjas Esmeralda,
C.P. 09810, México, Ciudad de México.

¡LORENZA, BÁJATE DEL PERRO!

Toño Malpica
Ilustraciones de Manuel Monroy

loqueleo

Lorenza, ya levántate,
es la última vez que te lo digo.

Lorenza, acábate tu desayuno.

Y no le jales la cola al perro...

Lorenza, no te comas la pasta de dientes.

Lorenza, ¿dónde dejaste los zapatos?
Vas a llegar tarde a la escuela.

Lorenza, saca la mano de la pecera.

Entiende, los peces no se acarician.

Lorenza, tu hermano tiene razón,
tomar sus Legos sin permiso
es como robar.

Si los tomas, los devuelves.

Lorenza, deja de bailar encima de la mesa.
Te vas a caer y nadie te va a sobar, ¿oíste?

Lorenza, bájate de la mesa.
Te vas a caer y nadie te va...

¡Lorenza!

Lorenza, deja de jugar y come.
Si te echas el jugo encima
nadie te va a cambiar de ropa, ¿entendiste?

Ya no llores, Lorenza.
Ven, te cambio la blusa...

... y el pantalón...

... y los calcetines...

Lorenza, el perro no es tu caballito,
bájate en este momento.

Lorenza, ¿dónde dejaste los zapatos?
Vas a llegar tarde al karate.

Lorenza, te pregunté
que dónde dejaste los...

Ya, vete en chanclas,
que llegas tarde.

Lorenza, ¿qué haces afuera
de la regadera con este frío?

Lorenza, se va a enfriar tu merienda
y no la voy a calentar de nuevo.

Lorenza, lávate los dientes,

pero no te co... ya, olvídalo.

Lorenza, por favor, no brincotees en la cama.

Lorenza, acuéstate.
Es la última vez que te lo digo.

Ya quita esa sonrisota, Lorenza,
que no creas que me ganas tan fácilmente.

Mejor ven acá y dame un beso, demonio.

Y trae acá esos Legos, que no son tuyos.